LES DOUZE MÉTIERS DE PIERROT

PAR
TANTE NICOLE

COMPOSITIONS
DE
JEAN GEOFFROY

PARIS
LIBRAIRIE CH. DELAGRAVE, 15, RUE SOUFFLOT

LES DOUZE MÉTIERS

DE PIERROT

LES DOUZE MÉTIERS DE PIERROT

PAR

TANTE NICOLE

COMPOSITIONS DE JEAN GEOFFROY

PARIS

LIBRAIRIE CH. DELAGRAVE, 15, RUE SOUFFLOT

I

PIERROT, MARMITON

Pierrot arrive de son village. Jusque-là il avait gardé les oies.

Cela ne vous semble pas bien difficile de garder des oies; eh bien! tout le monde ne sait pas le faire.

Les oies ne sont pas sottes, comme quelques petits garçons et quelques petites filles le croient; seulement, ce sont des personnes très entêtées.

Quand elles ont mis dans leur tête de faire une chose, on ne peut les en empêcher, même quand cette chose n'est pas raisonnable.

Ainsi elles s'étaient imaginé d'aller se prélasser dans la prairie de M. le maire.

Le garde champêtre est venu qui les a chassées, et qui, de plus, a fustigé d'importance Pierrot, leur gardien, qui ne les avait pas bien gardées.

Pierrot alors a pris une grande résolution.

Il a quitté son village et il est venu à Paris; là, au moins, il n'y a pas de danger que les oies vous jouent des tours. Seulement, pour vivre, il faut avoir un métier. Quel métier Pierrot choisira-t-il ?

Il se fait marmiton.

Il est gentil, n'est-ce pas, avec son béret blanc?

Quand on est marmiton on n'est pas exposé à mourir de faim.

On goûte à la sauce... pour voir si elle est bonne.

Quelquefois aussi, avant de mettre le gigot sur la table, on trempe un peu son doigt... oh! rien que le petit bout!... pour s'assurer que le jus est suffisamment salé.

Le premier jour, Pierrot fait cuire des œufs; mais le petit poulet qu'il renferme est si pressé d'en sortir qu'il brise la coquille et qu'il se met à faire cui, cui, cui!

Pierrot est tellement saisi que, pendant la nuit, il a le cauchemar; ses cheveux se dressent tout droits sous son bonnet de coton; il lui semble qu'il est au feu en guise de poulet, et que c'est la mère poule qui, pour le punir d'avoir voulu faire cuire son petit poussin, tourne elle-même la broche!...

II

PIERROT, VALET DE CHAMBRE

Vous vous rappelez bien que Pierrot, après avoir gardé les oies, s'était fait marmiton.

Mais il était un peu, et même beaucoup gourmand, notre ami Pierrot, et le cuisinier l'a trouvé si souvent le doigt dans la sauce, qu'à la fin il l'a renvoyé.

Quel métier va-t-il prendre?

Il se fait valet de chambre.

Oh! ce n'est pas bien difficile d'être valet de chambre. On fait les commissions de Monsieur, on porte les lettres de Madame, on range le petit salon de Mademoiselle.

Mais Pierrot, qui n'a pas pu rester marmiton parce qu'il était gourmand, ne peut pas rester valet de chambre parce qu'il est flâneur, curieux et maladroit.

Quand Pierrot époussette le petit salon de Mademoiselle, il faut qu'il regarde tout, qu'il ouvre tous les tiroirs.

Il ne manque pas de jeter par terre le vase auquel elle tient le plus.

Il laisse tomber l'encrier sur son plus joli fauteuil.

L'autre jour, il a laissé échapper son serin favori.

Quand Monsieur envoie Pierrot porter une lettre, Pierrot a toujours soin de prendre le plus long.

Il ne manque pas non plus de tourner et de retourner l'enveloppe de tous côtés, pour tâcher de découvrir ce qu'elle contient. Seulement il y a une bonne raison pour qu'il ne le découvre pas : c'est qu'il ne sait pas lire.

Mais si ses yeux ne lui apprennent pas ce qu'on écrit, ses oreilles lui apprennent très bien ce qu'on dit.

Un jour, son maître le surprend l'oreille collée à la serrure.

Il lui décoche un joli coup de pied et il met Pierrot à la porte.

Aussi pourquoi est-il si curieux?

III

PIERROT, COCHER

Pierrot, qui n'a pas pu rester valet de chambre parce qu'il était flâneur, curieux et maladroit, s'imagine de se faire cocher de fiacre.

Justement les cochers de Paris se sont mis en grève, c'est-à-dire qu'ils ne veulent plus conduire leurs voitures.

Pierrot grimpe sur son siège et saisit les rênes.

C'est à peine si vous le reconnaîtrez sous cette grande houppelande et sous ce haut chapeau ; mais c'est bien lui pourtant.

Il fait un temps épouvantable; il pleut, il vente, il grêle : Pierrot va faire une bonne journée.

— Oaoh ! oaoh ! cotchez, crie Milord, cotchez!

— Voilà, bourgeois! fait Pierrot; où allez-vous comme ça?

— Au boa de Bologne, répondit Milord, qui choisit toujours le temps à propos pour ses promenades.

Et la pluie tombe toujours et le vent fait rage et le tonnerre gronde.

Le chapeau de Milord s'envole. — Le parapluie de Milord se retourne.

La jolie toilette de Milady va être perdue.

Le pompon bleu qui décore la queue de son toutou va être gâté.

— Cotchez! cotchez! fait Milord.

— Aôh! Aôh! fait le petit chien.

Pierrot se dit que voilà l'occasion pour lui de faire fortune.

— Au bois de Boulogne, répondit-il; ça me va, bourgeois! C'est mille francs l'heure.

Milord est économe.

Le temps a beau être tout à fait favorable, selon lui, pour une excursion, il trouve que c'est trop cher.

— Je volais bienne donner cent francs, réplique-t-il.

Pierrot qui espère que Milord cédera, s'entête.

— Mille francs l'heure! répète-t-il.

Mais Milord calcule (il calcule très vite, Milord), que son chapeau, son parapluie, les plumes de Milady et même le pompon qui orne la queue du toutou ne valent pas mille francs et se décide à se laisser mouiller.

Et voilà comment, pour avoir voulu trop gagner, Pierrot ne gagna rien du tout.

IV

PIERROT, GASTRONOME

Qu'est-ce que d'être gastronome? — C'est de se connaître en bonnes choses.

Vous me direz alors que tous vous êtes gastronomes; que vous savez très bien faire la différence entre un éclair au café et un éclair au chocolat, ou entre un verre de sirop de groseille et une tasse d'huile de ricin.

Un jour Pierrot qui, paraît-il, avait gagné quelques pièces de cent sous, résolut de se payer un bon dîner.

Il entre dans un restaurant à la mode et demande... Que demande-t-il? — Qu'auriez-vous demandé à sa place?

Les uns une chose, les autres une autre, n'est-ce pas? chacun selon son goût.

Pierrot choisit donc.... ce qui lui plaît... Jusque-là il n'y a pas grand mal.

Mais il en mange tant et tant qu'à la fin il est obligé de pousser les morceaux avec son couteau pour les faire entrer.

Le sommelier qui accourt avec une nouvelle bouteille de vin que Pierrot avait demandée, est dans la stupéfaction en voyant qu'on peut engloutir tant de choses dans un seul corps.

Milady qui dîne à la même table et qui mange comme un oiseau — un très gros oiseau — est dans l'indignation qu'on puisse se gorger d'une manière aussi « improper » et le considère au travers de ses lunettes de l'air du plus grand mépris.

Moi, j'ai du chagrin pour Pierrot, car je sais ce qui arrivera demain : c'est qu'il aura une bonne indigestion et qu'il paiera les excellents mets qu'il a mangés et les bons vins qu'il a bus de plusieurs jours de diète et d'une grande bouteille d'eau de Sedlitz.

Avis aux gourmands!

V

PIERROT, NATURALISTE

Vous allez dire : Qu'est-ce que c'est qu'un naturaliste?

Un naturaliste, c'est un savant qui étudie l'histoire naturelle, c'est-à-dire l'histoire des animaux et des plantes.

Il attrape des papillons, des insectes; il cueille des herbes et des fleurs, et il examine comment les uns et les autres sont construits.

Pierrot n'est pas savant; il n'a jamais étudié l'histoire naturelle que sur un caniche, monté sur quatre roulettes, que sa marraine lui avait donné au jour de l'an.

Il l'a brisé un beau jour pour voir ce qu'il avait dans le corps, et il a vu qu'il était en carton.

Les vrais caniches, vous le savez bien, ne sont pas en carton, eux.

Non, Pierrot n'est pas savant; mais il se sent une grande vocation pour courir après les papillons.

Il s'arme d'un grand filet, emmanché au bout d'un long bâton, et se met en chasse.

Ce jour-là, Milord avait déjeuné sous un arbre, au bord du petit bois.

Il avait fait une large brèche dans un excellent pâté d'alouettes, et se reposait en faisant un petit somme.

Pierrot arrive, son filet à la main, poursuivant un de ces beaux papillons noir et or avec une belle tache bleue sur l'aile, qu'on voit si souvent dans la campagne.

Il va l'atteindre : le papillon, pour éviter le filet, se précipite dans la large bouche ouverte devant lui et qu'il prend pour une caverne.

Milord s'éveille en toussant; il est fort en colère; il saisit Pierrot par le collet et lui administre une bonne correction.

Pierrot ne se sent plus du tout de vocation pour être naturaliste.

VI

PIERROT, JOCKEY

Pierrot est très embarrassé; il voit que l'état de naturaliste n'est pas celui qui lui convient. Quel métier pourrait-il donc bien prendre, où l'on n'ait pas beaucoup de mal et où l'on ait beaucoup de profit?

C'est le moment des courses du bois de Boulogne.

Pierrot décide qu'il se fera jockey.

Il endosse une jolie veste bleue, il enfile de jolies bottes, armées d'énormes éperons, et met sur sa tête une jolie casquette de velours avec une visière qui n'en finit plus.

Le voilà juché sur un cheval qui a le cou long comme celui d'une girafe et qui est aussi maigre que Rossinante, le cheval de Don Quichotte, avec lequel vous ferez connaissance plus tard.

Ils courent, ils courent, l'un portant l'autre, aussi vite que le chemin de fer; ils remporteront le prix de la course, c'est sûr. Pierrot compte en dedans de lui combien d'écus il gagnera. Cinq et cinq font quinze, et quinze font cinquante, et vingt...

Il est interrompu dans ses calculs.

Rossinante a fait une cabriole et a envoyé son cavalier en faire une autre dans la mare.

Il paraît que Pierrot a une bien drôle de figure, en exécutant cette culbute, car le cheval découvre ses longues dents et se met à rire, à rire, comme vous n'avez jamais vu un cheval rire.

Milord accourt avec Milady et avec leur fils; ils poussent des exclamations en voyant Pierrot se débattre dans la mare.

Par bonheur elle n'est pas profonde : Pierrot parvient à s'en tirer : mais son joli costume de satin blanc est tout souillé de boue et, quant à lui, il est tout à fait dégoûté du métier de jockey.

VII

PIERROT, CHASSEUR

C'est le moment de la chasse.

Pierrot, qui n'aime pas les bains dans les mares et qui ne veut plus être jockey, décide qu'il sera chasseur.

Quand on est chasseur, on mange du gibier tant qu'on veut et Pierrot aime beaucoup le gibier.

Il endosse un costume de chasseur, s'arme d'un vieux fusil à pierre, se munit d'un vaste carnier et se met en campagne.

Il a un air si belliqueux que lièvres et lapins se sauvent à son approche et que cailles et perdrix s'envolent.

Un pauvre petit lapin pourtant se hasarde à sortir de son trou.

Clif! claf! pataprouf! prouff! proufff!!!

Le fusil de Pierrot éclate et tout le plomb vient se loger dans..... la culotte du fils de Milord, qui lui aussi se livre au plaisir de la chasse.

Milord accourt, suivi de son chien, et pousse des oah! indignés pendant que Jeannot lapin glisse entre les jambes de Pierrot et rejoint son trou au plus vite.

Quelqu'un qui s'amuse bien de la mine de Pierrot, c'est Mme La Lune, qui le regarde de tout là-haut, et qui rit de tout son cœur.

Pierrot ne rit pas, lui; il va revenir bredouille, autrement dit, n'ayant rien tué.

Je sais bien que tous les chasseurs ne tuent pas de gibier; mais, quand ils ont manqué leur coup, ils rencontrent presque toujours un chasseur plus adroit qui leur vend un lièvre ou un lapin pour remplir leur gibecière.

Seulement Pierrot n'a pas la bourse assez bien garnie pour faire comme eux, aussi il trouve que le métier de chasseur n'est pas meilleur qu'un autre.

VIII

PIERROT, MUSICIEN

Décidément Pierrot voit bien que les exercices violents ne lui conviennent pas : il a essayé du métier de jockey, il a essayé du métier de chasseur : il va essayer maintenant d'un métier tranquille.

Il veut être musicien.

Il faut d'abord qu'il apprenne ses notes.

Pierrot a grand'peine à distinguer un *do* d'un *sol* et un *si* d'un *mi*; je dois même dire qu'il n'y réussit jamais tout à fait.

Mais cela lui est bien égal ; il trouve que, du moment qu'on souffle dans un cornet, peu importe ce qui en sort. Ce qui sort de celui de Pierrot c'est toute une famille de canards.

Il y en a assez pour peupler toute une mare.

Vous me demanderez pourquoi il sort des canards de son cornet.

Je vous répondrai :

— Que font les canards quand ils s'avisent de chanter?

— Ils font : Couac! couac! couac!

Eh bien, du cornet de Pierrot, il sort aussi couac! couac! couac! et « ces couacs » s'appellent des canards.

Ces « couacs » ou ces « canards » déchirent le tympan de tous les auditeurs, qui s'empressent de prendre leurs jambes à leur cou et de s'enfuir en se bouchant les oreilles.

Milord, qui n'est pourtant pas très difficile sur le chapitre de la musique et qui est bien habitué à entendre Milady chanter faux, fait comme les autres.

Il me semble que Pierrot n'a pas beaucoup de dispositions pour la musique : qu'en dites-vous?

IX

PIERROT, AMATEUR

Pierrot reconnaît que, pour exécuter de la musique, il faut étudier, ce qui n'est pas du tout son affaire.

Mais, pour en écouter, il ne faut qu'un peu de patience.

Milady donne une grande soirée dans laquelle les artistes les plus célèbres doivent chanter et jouer des instruments.

M. Mi-Double-Bécarre, le grand pianiste, exécutera sur le piano de grandes variations de sa composition.

Mlle Rossignolette chantera le plus grand de tous ses grands airs.

Les invités de Milady sont chargés d'applaudir à outrance chacune des notes qui résonnera sous les doigts de M. Mi-Double-Bécarre ou qui s'échappera du gosier de Mlle Rossignolette. Tous sont à leur poste.

M. Mi-Double-Bécarre est au piano; Mlle Rossignolette lance en l'air les perles de sa voix; Milady se pâme d'admiration derrière son éventail et fait entendre les aoh! les plus flatteurs; tous ses invités manifestent de leur mieux leur satisfaction : ils poussent de petits cris de joie, et crèvent leurs gants gris perle à force d'applaudir.

Que fait Pierrot pendant ce temps?

Pierrot? Pierrot, j'ai honte de le dire, Pierrot s'est endormi!

Ses gants gris perle ne seront pas crevés par les applaudissements; il les retire prudemment afin qu'ils lui servent pour une autre occasion; mais cette occasion ne se présentera pas, car Pierrot est chassé pour toujours des salons de Milady.

C'est le noble pied de Milord qui se charge de venger l'insulte faite à son épouse dans la personne des artistes qu'elle a fait entendre à ses invités.

X

PIERROT, EXPERT EN TABLEAUX

Pierrot ne veut plus être musicien, mais il n'abandonne pas complètement les arts.

La musique ne lui a pas réussi; peut-être sera-t-il plus heureux en peinture.

— Il y a des peintres qui vendent des tableaux très chers, se dit-il; pourquoi ne ferais-je pas comme eux.

— Pourquoi? pourquoi? J'en sais bien la raison, et vous aussi.

Parce que, pour vendre ses tableaux cher, il faut qu'ils soient bons; il faut que le peintre qui les a faits ait du talent, et, pour avoir du talent, il faut beaucoup, beaucoup travailler.

Croyez-vous que Pierrot puisse jamais avoir du talent? Je ne le pense pas; il est bien trop paresseux pour cela.

C'est bien son avis aussi; donc, après avoir sali pas mal de toiles, gâché pas mal de couleurs, il renonce à être peintre et se contente de se faire amateur ou « expert » en tableaux.

Quand vous voulez acheter un habit, une robe, vous allez dans la boutique où on en vend et vous choisissez l'habit ou la robe qui vous plaît.

Mais quand vous voulez acheter un tableau il faut savoir si ce tableau est bien fait. Il y a des gens qu'on paye pour vous renseigner à cet égard et ce sont eux qu'on appelle des *experts*.

Milord veut acheter un tableau au peintre Clairdelune : il charge Pierrot de voir si ce tableau est bien fait.

Pierrot s'y connaît aussi bien que Milord, qui ne s'y connaît pas du tout, et qui regarde un paysage à l'envers, sans s'apercevoir qu'il fait tourner un moulin la tête en bas et qu'il met le ciel à la place de la terre.

Il achète donc le tableau de M. Clairdelune qui est ravi, et il le paye très cher, car Pierrot lui a affirmé que c'est un tableau admirable ; mais il ne l'a pas plus tôt dans son salon qu'il voit bien qu'on l'a trompé, car tout le monde se moque de lui.

Si bien qu'il refuse de payer à Pierrot le prix qu'il lui a promis ; celui-ci reconnaît alors que le métier d'expert en peinture ne lui convient pas du tout.

XI

PIERROT, PATINEUR

Est-ce bien un métier que d'être patineur ?

En tout cas, c'est un métier bien amusant et dont plusieurs d'entre vous s'acquittent aussi bien que s'il rapportait beaucoup d'argent. Ce qui est dommage, c'est qu'on ne puisse pas s'y livrer en toute saison.

Si on pouvait patiner en été, je suis sûr que vous aimeriez autant glisser sur la glace que de jouer au lawn-tennis.

Qu'il fait bon patiner, quand le ciel est bleu, que le soleil brille, que les arbres sont couverts de givre, que le froid vous rougit le bout du nez!

Milord est très habile patineur, et il circule sur l'étang gelé de son parc avec la même aisance que sur le sable de ses allées.

Quant à Milady, ce qu'elle préfère : c'est de se promener en traîneau.

Elle en a un très joli.

Avec un peu de bonne volonté, on croirait voir s'avancer un cygne aux ailes à demi étendues.

Pierrot veut faire comme Milord ; il chausse des patins et s'élance....

Patapouf ! A peine a-t-il essayé de mettre un pied devant l'autre qu'il s'étale par terre.

Milord le regarde avec la plus complète satisfaction et a l'air de jouir profondément de ce qui vient d'arriver.

Par bonheur la glace est solide ; autrement notre ami Pierrot pourrait bien ne plus nous montrer que ses pieds.

Cet essai le dégoûte tout à fait du métier de patineur.

XII

PIERROT, CONCIERGE

Pierrot a fait bien des métiers, depuis le temps où il gardait les oies de la ferme, mais aucun ne lui a bien réussi et ne l'a mené à la fortune.

Il n'est plus jeune, Pierrot; que va-t-il devenir?

Il lui pousse une idée superbe.

Oh! la bonne idée; c'est la seule bonne qu'il ait jamais eue! Il se fait concierge.

Un concierge c'est un roi : le roi de la loge.

Le voici, armé du balai et du plumeau.... dont il se sert le moins possible.

Tous ses sujets, c'est-à-dire tous les locataires de la maison dont il garde la porte, viennent lui rendre hommage, se prosterner devant lui et lui apporter des présents.

Son chien, sa pie, son serin partagent les honneurs qu'on lui rend.

Il peut maintenant être aussi gourmand que quand il était marmiton : chacun ne sera-t-il pas heureux de mettre sa cave à la disposition de M. le Concierge?

Il peut être aussi curieux que quand il était valet de chambre : Qui est-ce qui oserait se plaindre s'il prend fantaisie à M. le Concierge d'examiner les lettres de ses locataires, de décacheter leurs journaux, de les lire avant eux, de surveiller leurs allées et venues?

Pierrot a enfin trouvé un métier qui s'accorde avec sa vocation.

Peu de besogne et beaucoup de profit!

Coulommiers. — Imp. P. Brodard.

A LA MÊME LIBRAIRIE

Collection de volumes illustrés, format petit in-4°

Chaque volume broché, 1 fr. 25. Relié toile, tranches dorées, 2 fr. 75

AUBY (V.).	La Mésange, illustrations par JUNDT.
DUPUIS (E.).	Les Souhaits de Tommy, illustr. de BEARD, SEMÉCHINI.
—	Un peu paresseuse, illustr. de HOPKINS, FABER, etc.
—	La Danse des Lettres, illustr. de TOFANI, B. DE MONVEL, etc.
—	Le Cirque en Chambre, illustr. de BEARD, KAUFFMANN.
—	Hors de l'Œuf, illustr. de DONZEL, J. GEOFFROY, etc.
D'HERVILLY (E.) . . .	La Vision de l'Écolier puni, illustr. de J. GEOFFROY.
—	Les Aventures du Prince Frangipane, illustr. de GAILLARD.
LABESSE ET PIERRET	Le Nid de Grand-Maman, illustr. par FRAIPONT.
LÉONCE PETIT	Les Sept Métiers du Petit Charles, illustr. de l'auteur.
NAJAC (R. DE)	Les Lettres d'Oiseaux, illustr. de KAUFFMANN, TRAVIÈS, etc.
PROTCHE DE VIVILLE	Le Sosie, illustr. de V.-A. POIRSON.
RATISBONNE (L.). . .	Les Petits Hommes, illustr. par DE BEAUMONT.
—	Les Petites Femmes, illustr. par DE BEAUMONT.

Collection de volumes illustrés, format petit in-4°

Chaque volume broché, 1 fr. 50. Relié toile, tranches dorées, 3 fr. 50

AUBY (V.)	De Fil en Aiguille, illustr. par GAILLARD, KAUFFMANN.
BERTIN (Marthe) . .	Les Épreuves de Jean, illustr. par E. DE LIPHART.
DAUPHIN (L.).	L'Éducation musicale de mon Cousin Jean Garrigou, illustr. par LÉONCE PETIT.
DU CHATEAU (P.). . .	Le Robinson des Vacances, illust. de J. GEOFFROY.
LÉONCE PETIT	Les Comédiens malgré eux, illustr. de l'auteur.
NAJAC (R. DE).	Le Nid de Pinson, illustr. par J. GEOFFROY, KAUFFMANN.
PIAZZI (Adriana) . . .	Sans Souci, illustr. par B. DE MONVEL.
—	Les Petites Conteuses, illustr. par GILBERT, KAUFFMANN.
PROTCHE DE VIVILLE	Bias, illustr. de V.-A. POIRSON.
SÉGARD (Ch.)	Bébés et Papas, illustr. de FERDINANDUS.
STRAHL (Marie). . . .	Gette, illustr. de J. GEOFFROY.
TALANDIER (M.) . . .	Histoire des Mois, illustr. par KAUFFMANN.

Collection de volumes illustrés, format petit in-4°

Chaque volume broché, 1 fr. 90. Relié toile, tranches dorées, 4 fr.

ANGEAUX (J.).	Vie et Aventures de Trompette, illustr. par B. DE MONVEL.
ASSOLANT.	La Chasse aux Lions, illustr. de J. GIRARDET.
BERTIN (Marthe) . . .	Madame Grammaire et ses Enfants, ouvrage couronné par l'Académie française, illustr par GINOS.
—	La Petite Maison rustique, illustr. de CLÉRICE.
—	Maltaverne, illustr. de J. GEOFFROY.
—	Qui est-elle ? illustr. de A. DUPLAIS-DESTOUCHES.
CANTACUZENE ALTIERI	Contes pour endormir ma Petite-Fille, illustr. de FERDINANDUS.
DU CHATEAU (Pierre).	Le Roman de Christian, illust. de SANDOZ.
—	Les Quatre Fils Aymon, illustr. de SANDOZ.
DUPUIS (E.).	Promenades de deux Enfants à l'Exposition, illustr. de MITS.
PIAZZI (A.)	Pharos, illustr. de SANDOZ.
—	Mamzelle Frisette, illustr. de VAN MUYDEN.
PRAVAZ (H.)	Histoire de Praline, illustr. de J. GIRARDET.
SÉGARD (Ch.)	La Succession du Roi Guilleri, illustr. de B. DE MONVEL.
TITMARSH.	La Rose et l'Anneau, trad. par Mélanie Talandier, illustr. par POIRSON.
VADIER (B.).	A la Conquête du Courage, illustr. d'A. MARIE.

Collection de volumes illustrés, format petit in-4°.

Chaque volume broché. 2 fr. 90. Relié, toile tranches dorées, 4 fr. 75

BAUDEL	Un an à Alger, illustr. de FROMENTIN, GUILLAUME, GERARD, etc.
BIBLIOPHILE JACOB .	Le Dieu Pepetius, illustr. de A. PARYS.
BURON.	Vieilles Églises de France, illu. de HUBERT-CLERGET, FELLMANN, etc.
DANIEL BERNARD . .	La Chasse aux Phénix, illustr. de H. CLERGET, VIERGE, etc.
DU CHATEAU (Pierre)	Souvenirs d'un Petit Alsacien, illustr. de GIRARDET.
DUPUIS (ED.)	Les Disciples d'Eusèbe, illustr. de COURBOIN.
—	Les Entreprises d'Harry, illustr. de BEARD, JUNGLING.
—	A la Recherche d'une Ménagerie, illustr. de FABER.
LEILA HANOUM. . . .	La Nouvelle Scheherazade, illustr. de FERDINANDUS.
LEMERCIER DE NEUVILLE	Contes et Comédies de la jeunesse, ill. de B. de MONVEL.
LÉOUZON LE DUC . .	Impressions et Souvenirs de Voyages dans les Pays du Nord, illustr. de BRETON, CLERGET, LIX.
MERYEM CECYL	Le Tueur de Daims, illustr. de ZIER.
MULLER (Eug.)	Scènes villageoises, illust. de GAILDREAU et LIX.
—	Chez les Oiseaux, illust. de GIACOMELLI, TRAVIÈS, etc.
NARJOUX (F.).	Histoire d'une Ferme, illustration de l'auteur.
PORCHAT (J.).	Les Deux Auberges (l'Ours et l'Ange), illustr. de RÉGAMEY.

Coulommiers. — Imp. PAUL BRODARD

www.ingramcontent.com/pod-product-compliance
Ingram Content Group UK Ltd.
Pitfield, Milton Keynes, MK11 3LW, UK
UKHW021021200726
13857UKWH00004B/1514

9 782013 045940